Jutta Sievers

Etwas ganz Besonderes

Eine ungewöhnliche Liebesgeschichte

Illustrationen: Christine Fischer

Die Autorin:

Jutta Sievers, Jahrgang 1947.
Realschulabschluss;
Ausbildung zur Drogistin.
Seit 1979 Frührentnerin.
Autodidaktin in vielen Bereichen.
40 Jahre Tätigkeit als Tagesmutter/Kinderfrau.
Laienpredigerin/Prädikantin im Kirchenkreis Tecklenburg der Ev. Kirche Westfalen.
Faszination für Spiritualität und Weisheit der Religionen – einschließlich indigener Kulturen.
Ab 2007 Tanzleiterin der „Tänze des Universellen Friedens"
Von 2008 bis 2020 ehrenamtlich tätig im Presbyterium in Lienen.
Hobbys: Schreiben von Gedichten / Kurzgeschichten; Töpfern von Engeln und Krippenfiguren; Naturfotografie
2008 private Veröffentlichung des Kinderbuches „Sofie und das Indianermädchen". (Nur über die Autorin erhältlich)

Die Illustratorin:

Christine Fischer, Jahrgang 1941, lebt mit ihrer Familie in Lienen

Mit dem Erwerb dieses Buches unterstützen Sie die Armenküche Bo in Sierra Leone in Afrika.

Autorin und Illustratorin verzichten zugunsten der Armenküche Bo auf sämtliche Gewinne und die Erstattung ihrer Aufwendungen betreff der Veröffentlichung dieses Buches.

Das Projekt: „Armenküche Bo / Paupers' Kitchen & Clinic" wurde 1987 von dem damals dort tätigen Arzt Dr. Sheik-Umarr Mikailu Jah und seiner Frau Betti Beckmann-Jah ins Leben gerufen.

Hier erhalten die Ärmsten der Armen regelmäßige Mahlzeiten und medizinische Versorgung.

Außerdem werden Workshops angeboten, in denen ein traditionelles Handwerk (wie z.B. Weben oder Seifenherstellung) erlernt werden kann, um Perspektiven für eine eigenverantwortliche Zukunft zu schaffen.

Ein weiterer und zunehmend wichtiger werdender Schwerpunkt des Projekts liegt in der finanziellen Unterstützung von Kindern und Jugendlichen, die sich sonst keinen Schulbesuch leisten können.

Seit einigen Jahren lebt das Ehepaar Beckmann-Jah in Lienen und betreut von hier aus die Arbeit der Armenküche Bo. Es wird darin von einem Team an Mitarbeiterinnen und Mitarbeitern vor Ort und einem großen Freundeskreis in Deutschland unterstützt.

Kontoverbindung für Spenden auf Seite 30

©2019 Jutta Sievers

Autorin: Jutta Sievers

Illustratorin: Christine Fischer

Umschlagbild: Christine Fischer

Umschlaggestaltung: Jutta Sievers

Verlag & Druck: tredition GmbH, Hamburg

ISBN
Paperback   ISBN 978-3-7482-3236-0
Hardcover   ISBN 978-3-7482-3237-7
e-Book   ISBN 978-3-7482-3238-4

Jutta Sievers

Etwas ganz Besonderes

Eine ungewöhnliche Liebesgeschichte

Illustrationen

Christine Fischer

Zum Andenken
an einen besonderen Baum,
der früher im Sienebrink-Wäldchen
in Lienen gestanden hat

„Du bist etwas ganz Besonderes"

flüsterte der Große Atem und blies an einem sonnigen Herbsttag den reifen Samen eines Baumes über die Welt.

Auf einer Anhöhe, mitten in einem kleinen Wäldchen, verfing sich das Samenkorn im Farnkraut. Ein Vogel, der gerade nach Futter suchte, stieß mit der Kralle dagegen.

Da kullerte es in ein Mauseloch ...

Dort war es dunkel und die Erde, die es umgab, fühlte sich feuchtwarm an. „Hilfe! Ich will zurück ans Licht", dachte der Same. Und der Große Atem – der alles Leben erschafft – sagte aus der Erde zu ihm: „Du bist etwas ganz Besonderes. Ich bin immer bei dir."

Nach dem Herbst kam der Winter und endlich erwärmten die ersten Frühlingssonnenstrahlen wieder das Erdreich und der Regen weichte die Schale der Samenfrucht auf. Da konnten alle Nährstoffe, die zum Wachsen nötig waren, ins Innere gelangen. Bald darauf bahnten sich winzige Wurzeln ihren Weg in die Tiefe. Und während sich die Samenschale nach und nach auflöste, gaben die Wurzeln dem zarten Keimling neuen Halt. Schließlich durchstieß er die Erdoberfläche und streckte sich stolz dem Licht entgegen.

Geschafft – endlich! Ja, durch diese Leistung fühlte er sich wirklich als etwas ganz Besonderes. Die Zeit ging ins Land. Und ein paar Jahre später war aus dem Keimling ein junger Baum geworden.

„Ich bin etwas ganz Besonderes", verkündete er eines Tages den anderen Bäumen auf dem Hügel. Die wiegten zustimmend ihre Kronen im Wind: „Ja, wir wissen. Jeder von uns ist etwas ganz Besonderes." Und dann begannen sie dem jungen Baum zu erzählen:

„Meine Blüten haben die Farbe des Morgenhimmels …"

„Meine Blätter leuchten im Mondlicht wie Silber …"

„Die Früchte, die ich trage, sind süßer als jeder Honig …"

Es rauschte in den Baumwipfeln, als würden sie sich gegenseitig Applaus spenden.

Der junge Baum schüttelte seine Krone: „NEIN, NEIN, NEIN! – Ich bin etwas GANZ Besonderes", wiederholte er, obwohl er keinen Unterschied zwischen sich und den anderen erkennen konnte. „Sie wollen einfach nicht wahrhaben, dass ich anders bin", dachte er bei sich selbst, „Vielleicht sollte ich mich verändern. Meine Besonderheit muss endlich auch äußerlich für alle Waldbewohner zu erkennen sein. Und dann werden sie mir die Aufmerksamkeit schenken, die mir zukommt!"

Weil nun aber alles, was wir uns ganz tief und fest im Herzen wünschen, auch geschehen kann – sei es nun von Vorteil oder nicht – begann der Baum sich zu verwandeln. Und eines Tages war es dann tatsächlich soweit: Sein Stamm, die Äste – ja, sogar Zweige und Blätter – kurz, der gesamte Baum war mit einer harten, glänzenden Schicht überzogen. Alles leuchtete wie pures Gold …

„SEHT MICH AN – Ich bin etwas ganz Besonderes!" rief der Baum.

Endlich wurde er von allen Waldbewohnern bewundert. Glücklich reckte der Baum seine Äste und Zweige in den Himmel und voller Stolz genoss er die Aufmerksamkeit, die ihm jetzt entgegengebracht wurde. Weil er jedoch nur von sich erzählen wollte, wurde er für die anderen bald langweilig.

In kürzester Zeit hatte sich die Kunde von einem goldenen Baum im Hügel herumgesprochen. Bald kamen die Tiere von fern und nah, um ihn aus der Nähe zu betrachten. Sie umrundeten einige Male seinen Stamm oder flogen über seine Krone hinweg. Manche sahen ihn staunend an, andere setzten bei seinem Anblick besorgte Mienen auf und noch andere tuschelten heimlich miteinander.

Dann verabschiedeten sie sich wieder. Keiner von ihnen hatte Lust, länger bei ihm zu verweilen.

„Lass los, lass los ... sonst geschieht ein Unglück!" wisperte es immer häufiger aus den Wipfeln der anderen Bäume.

Doch der Goldene wollte es nicht hören. Er schüttelte seine Krone, dass die Blätter nur so klimperten. Wahrscheinlich beneideten sie ihn nur.

Er lud die Vögel zu sich ein: „Ihr Gefiederten, kommt und singt in meinen Zweigen!"

„Es ist zu heiß in deiner Krone", antworteten die Vögel, „deine Blätter geben keinen Schatten – sie blenden uns nur. Und Futter für unsere Jungen kannst du uns auch nicht geben!" sagten sie und flogen davon.

Der Baum rief auch die anderen Tiere zu sich – aber keiner wollte mehr kommen. So drehte sich das Rad der Zeit weiter.

Als der Große Atem den Baum mit den goldenen Blättern sah, dachte er bekümmert: „Wenn er mich doch rufen würde, damit ich ihm helfen kann! Ich werde den Vogel der Erinnerung zu ihm schicken …".

Eigentlich hatte der Vogel der Erinnerung nichts Außergewöhnliches an sich. Er sah aus wie eine Blaumeise. Doch irgendwie benahm er sich seltsam.

Der Goldbaum kannte inzwischen alle anderen tierischen Bewohner des Wäldchens, doch diesen Vogel hatte er noch nie zuvor hier gesehen. Die Blaumeise hüpfte, so dicht es ging, an den Stamm des Baumes heran. Mit ihrem Schnabel pickte sie ein paar Mal gegen die harte, glänzende Haut am Stamm. Nichts geschah. Dann legte sie den Kopf auf die Seite, kniff die Äuglein zusammen und blinzelte in das grelle Licht der Sonne, das von den Blättern zur Erde gespiegelt wurde.

„Ich bin etwas ganz Besonderes", sagte der Baum erfreut. Er begann jedes Gespräch mit diesem Satz. Und außerdem war es inzwischen auch schon eine ganze Weile her, dass ihn ein anderes Tier besucht hatte. Irgendetwas an dem Verhalten des Vogels irritierte ihn. Er fühlte sich verunsichert. Und so wartete er gespannt auf eine Antwort. Doch der Vogel schwieg weiter. Er trippelte mal hier hin und dann wieder zurück und sah aus, als würde er nachdenken.

Der Goldbaum wurde immer unruhiger. Dann überlegte er, wie er es wohl am geschicktesten anstellen könnte, um eine Unterhaltung mit dem fremden Gast zu beginnen.

Schließlich schmeichelte er: „Es ist schön, dass du gekommen bist; ich sehe es dir ja an, du bist ganz anders als die anderen Waldbewohner hier. Ich bin mir ziemlich sicher: auch dich hat der Große Atem zu etwas Besonderem gemacht. Aus diesem Grund habe ich mich entschlossen, dass du mein Freund sein darfst. Es gibt nicht so viele von uns und da müssen wir doch zusammenhalten – meinst du das nicht auch?"

Der Baum machte eine bedeutungsvolle Pause und wartete erneut, dass der Vogel endlich stehen bleiben würde, um ihm zu antworten. Doch der scharrte einfach nur weiter in der staubtrockenen Erde am Fuße des Baumes, die daraufhin hochwirbelte.

Danach plusterte sich der Vogel der Erinnerung auf und schüttelte sich den Staub aus dem Federkleid.

„Du bist einsam!" sagte er dann.

Mit dieser Antwort hatte der Baum nun gar nicht gerechnet. Er überlegte, was er darauf entgegnen sollte. Seine Überzeugung, dass es an den anderen Wesen im Hügel liegen würde, die ihn aus Neid einfach nicht leiden konnten, bekam einen Riss. Und ohne dass er es eigentlich wollte, sagte er leise und mit trauriger Stimme: „Ja." Da erhob sich der Vogel der Erinnerung und flog davon.

Der Baum erschrak über sich selber. Hatte er das eben wirklich gesagt? Stimmte es tatsächlich? Tat er nicht alles, um auch den Hügel zu einem besonderen Ort zu machen? Und was war der Dank? Sie mieden ihn. Sie ließen ihn allein ...

Allein ... ja, er war allein und fühlte sich unendlich einsam. Seine Äste wurden ihm von Tag zu Tag schwerer. Die Zweige konnten das Gewicht der goldenen Blätterpracht kaum noch festhalten und die Spannung in den Astgabeln schien ihn zerreißen zu wollen.

Voller Entsetzen bemerkte er, wie seine Wurzeln immer brüchiger und spröder wurden. Und so war es für sie kaum noch möglich, das belebende Wasser aus der Tiefe in sich aufzunehmen und zu speichern. Starr und bewegungsunfähig stand er da und streckte seine Äste nach allen Seiten aus. Das Sonnenlicht erhitzte den Baum bis ins Mark und die abstrahlende Wärme ließ den Erdboden unter ihm tiefer und tiefer austrocknen.

Noch immer stemmte er sich vehement gegen die Vorstellung, auch nur ein einziges seiner goldenen Blätter hergeben zu müssen. Wer war er denn schon ohne diesen besonderen Schmuck? Und wie würden dann die anderen über ihn reden?

Doch unausweichlich kam der Moment, wo die schwere Last ihn zu zerbrechen drohte. Wieder einmal streckte er seine Äste gen Himmel.

Doch aus dem Stolz war nur noch eine große Not geworden. Und so flehte er: „HILF MIR ... ich kann nicht mehr! Ich brauche Hilfe!"

Da verdunkelte sich der Himmel. Eine turmhohe und undurchdringliche Wand aus schwarzen Wolken rollte vom Horizont heran. Sie wurde größer, kam näher und immer näher und verschluckte schließlich die Sonne. Aus allen Richtungen gleichzeitig heulte der Wind auf, schwoll an zu einem gewaltigen Sturm und fegte mit Macht über den Hügel.

Er peitschte die Kronen der Bäume von einer Seite zur anderen, rüttelte und schüttelte in ihren Ästen und Zweigen, zerrte an den Blättern und riss eines nach dem anderen ab. Wie eine Herde aufgeregter kleiner grüner Schäfchen trieb der Wind sie zwischen den Stämmen hin und her. Das Grollen des herannahenden Donners ließ den gesamten Hügel erzittern. Blitze zuckten. Gespenstisch beleuchteten sie die kleine Anhöhe und vervielfältigten sich für Sekundenbruchteile in den Blättern des Goldbaumes.

Der sah voller Entsetzen wie sich seine inzwischen kahlen Nachbarn dem Sturmwind beugten. Und er spürte: diesen Gewalten hatte er kaum etwas entgegenzusetzen. Auch bei ihm lösten sich schon hier und da einzelne Blätter. Rasch wurden es immer mehr. Seine frühere goldene Pracht blätterte im wahrsten Sinne des Wortes von ihm ab. Wie in einem Geistertanz wehten

sie über den Waldboden und wenn sie sich dabei berührten, erinnerte das Geräusch an rasselnde Ketten. Als der Baum schon fast so kahl wie seine Nachbarn war, knickten die ersten dünneren Äste weg. Er stellte sich der Herausforderung.

Nein, er würde zu keinem Zeitpunkt aufgeben. Gnadenlos fegten immer heftigere Windböen heran. Was sie auch packen konnten, rissen sie mit sich fort.

Der sinnlose und ungleiche Kampf um die Macht des Stärkeren nahm einfach kein Ende.

Als nächstes wurde seine ehemals so schmucke Baumkrone Opfer des Sturmes. Der hatte sie erbarmungslos herausgedreht und auf den Waldboden geschleudert. Dort zerbarst sie mit einem hässlichen Krachen.

Und als wäre das noch immer nicht genug, fuhr der Große Atem in einem mächtigen Blitz in den Stamm des Baumes und mit einem knirschenden Geräusch brachen auch die letzten Äste ab.

Danach war alles still. Ohne ein einziges Blatt, ohne seine Krone und Äste stand der einst so stolze Baum jetzt da. Selbst der schlanke Stamm war mit Wunden übersät.

Er schämte sich. Und er fühlte sich abgrundtief hässlich.

„Du hast gesagt, du bist immer bei mir – wo bist du gewesen!?" dachte er voller Bitterkeit.

So, als wollte ihm der Große Atem ein tröstendes Zeichen geben, erschien zwischen Regentropfen und Sonnenstrahlen am Himmel ein leuchtender Bogen.

Bald darauf schickte der Große Atem Wasser zu den Wurzeln – und mit der Sonne Wärme in die zerborstene Krone. Sein Stamm trocknete und heilte. Im Winter bedeckte eine Schneedecke barmherzig das, was von dem Baum noch übrig geblieben war. Und bereits im nächsten Frühjahr trieb er neue Zweiglein. Daraus sprossen kleine Knospen, aus denen sich zarte, grüne Blätter entfalteten.

„Du bist etwas ganz Besonderes", sagten da die Blattläuse und die Raupen, weil der Saft aus seinen Blättern so süß schmeckte.

Der Baum schüttelte sich innerlich, hatte aber keine Chance, die ungeliebten Gäste loszuwerden. Bis die Vögel kamen. Und bald sagten es auch die

Vögel, weil sie jetzt bei ihm so viel gute Nahrung für sich und ihren Nachwuchs fanden. Von Sonnenaufgang bis zum Abend zwitscherten und sangen sie in seinen Zweigen.

„Du bist etwas ganz Besonderes", verkündeten auch die kleineren Waldbewohner. Sturm und Regen hatten das ausgetrocknete Erdreich an seinem Stamm weggespült und einen Teil der Wurzeln freigelegt. Jetzt sah es aus, als würde er auf drei kurzen Stelzen stehen. Für die jungen Tiere bot er so einen idealen Platz zum spielerischen Erproben ihrer Fähigkeiten.

Im Laufe des Sommers entdeckten ihn auch die Kinder des Dorfes. „Du bist etwas ganz Besonderes", sagte eines Tages ein kleines Mädchen. Zärtlich streichelten ihre Hände über den vernarbten Stamm:

„Du bist mein Zauberbaum."

Der Sienebrink in Lienen

Südlich von Lienen gibt es einen Hügel, den Sienebrink. Die Kuppe der kleinen Anhöhe wird vom Rest eines früheren Waldes aus Kiefern, Buchen und Eichen gekrönt. Wer sich dem öffnen kann, erlebt in dem Wäldchen eine ganz besondere Atmosphäre: Es gibt einen natürlich gewachsenen Baumkreis und an anderer Stelle bilden zwei mächtige Buchen ein Tor. Alten Überlieferungen zufolge soll im Sienebrink eine Herolds-Eiche stehen oder früher einmal gestanden haben.

Kinder sind von Natur aus offen für die vielen Wunder der Natur. Dass sie im Sienebrink einen „Zauberwald" gesehen haben, ist aus diesem Grunde ganz natürlich. Und die Buche, von der in dieser Erzählung die Rede ist, war ihr „Zauberbaum".

Ja – leider „war", denn vor einigen Jahren wurde dieser Baum ohne ersichtlichen Grund gefällt ...

Am Ende einer langen Planung ...

Von der Idee bis zu Veröffentlichung dieser Erzählung sind fast zwei Jahre verstrichen. Dabei hat mich diese verwachsene Buche schon vor mehr als 15 Jahren zu der Geschichte inspiriert. Die Erzählung hatte ich damals, in stark verkürzter Form, in einer fast vergessenen Datei meines PCs abgelegt. Bis jetzt mein Wunsch, wieder zu veröffentlichen, mit dem Selfpublisher-Verlag Tredition eine neue und greifbare Zielvorstellung bekam.

An dieser Stelle möchte ich die vielen hilfreichen Geister, die mich unterstützt haben, erwähnen:

Mein ganz besonderer Dank gilt Christine Fischer, aus deren „Feder" die Illustrationen geflossen sind. Auch bei meiner Freundin Andrea möchte ich mich bedanken. Andrea war da, wenn ich Hilfe oder Beratung bei der Covergestaltung brauchte und hat mir zugehört, wenn mich von Zeit zu Zeit mein Frust übermannt hat, weil ich wieder einmal mit einem Problem feststeckte.

Bei den Mitarbeitern des Tredition-Verlages bedanke ich mich für das geduldige Zuhören und

Weiterhelfen in allen Lebenslagen, in die ein abso-
luter „PC-Laie", wie ich es bin, kommen kann.

Die Hilfe so vieler toller Menschen stärkt meinen
Mut, noch andere der früher von mir verfassten
Geschichten zu überarbeiten, um sie zu veröffent-
lichen.

Lienen, Herbst 2019

Spendenkonto der Armenküche Bo:

Empfänger:
Kassengemeinschaft Kirchenkreis Tecklenburg

Verwendungszweck:
HHSt.10/52.5400.08 Armenküche Bo

IBAN DE71 4035 1060 0000 0100 25

Geldinstitut:
KREISSPARKASSE STEINFURT

Jutta Sievers
Etwas ganz Besonderes
Eine ungewöhnliche Liebesgeschichte

Reihe: SabaAna*
Band 2

IngA
Und wenn du sie nicht sterben lässt –
dann leben sie noch heute.
CRESCERE VITA
Hrsg. Jutta Sievers

Reihe: SabaAna*
Band 1

Jutta Sievers
Die Kostbarkeit deiner Tränen
Wege der Trauer

Reihe: SabaAna*
Band 3

* Die Worte Saba Ana haben ihren Ursprung in der Aramäischen Sprache; sie bezeichnen einen Ausdruck der Jesus zugeschrieben wird.

Sie bedeuten: In der Kraft des/der Einen …

Weitere Bände in Vorbereitung:

Jutta Sievers
Die goldene Schneeflocke
– oder wie Talvi den Kristall der Sonne klaute
(Arbeitstitel: Die Sonnenkönigin)

Jutta Sievers
Pacha Mama – Mutter Erde
Der Weg zu Frieden und Einheit

Zeitfracht Medien GmbH
Ferdinand-Jühlke-Straße 7
99095 Erfurt, Deutschland
produktsicherheit@kolibri360.de